설렘주의보

설렘주의보

펴낸날	초판 1쇄 2024년 10월 15일
지은이	김순복
펴낸이	서용순
펴낸곳	이지출판
출판등록	1997년 9월 10일
등록번호	제300-2005-156호
주소	03131 서울시 종로구 율곡로6길 36 월드오피스텔 903호
대표전화	02-743-7661 팩스 02-743-7621
이메일	easy7661@naver.com
인쇄	ICAN
물류	(주)비앤북스

값 13,000원

ISBN 979-11-5555-228-5 03810

※ 잘못 만들어진 책은 교환해 드립니다.

김순복 제4시집

설렘주의보

이지출판

열정적이면서 도전하기를 좋아하는 김순복 시인이 네 번째 감성시집을 발간한다. 시인을 처음 만난 것이 4년 전이니, 일 년에 한 권씩 시집을 발간하고 있다. 지금까지 잘 따라와 준 김순복 시인에게 감사드리며, 나 역시 20년간 감성시를 적어 오면서 20권의 시집을 발간했으니 내 모습을 보는 것 같아 기분이 좋다.

요즘엔 안 바쁜 사람이 없다. 김순복 시인 역시 무척 바쁘게 사는 분이다. (주)한국강사교육진흥원 원장으로 강의를 하고자 하는 사람들을 강사의 길로 이끌어 줄 뿐만 아니라, 전국 곳곳을 다니면서 직접 강의하고 있다. 그러다 보니 바쁘게 생활하는 사람들 앞순위에 속한다.

'윤보영 시인의 감성시 쓰기 공식 10'에서 언급했듯이 감성시란 감동한 순간을 아름다운 글로 적은 것을 말한다. 김순복 시인은 이 공식을 잘 적용해 일상에서 만난 사소한 얘깃거리에 감성을 접목시켜 감동으로 발전시켰다. 지금까지 발간한 세 권의 시집이 그러했듯 이 시집 역시 독자들에게 큰 감동을 주게 될 것이 분명하다.

　시집 발간이 거듭될수록 더 안정적이고 깊이 있는 시들로 독자에게 감동을 선사하는 시인이 이만큼 성장했으니, 이제 시를 배우고 싶어 하는 사람들에게 직접 가르치는 역할도 했으면 좋겠다. 나 역시 훌륭한 지도자가 될 수 있도록 도와드리겠다고 약속한다.

커피시인　윤보영

제4시집 《설렘주의보》를 여러분께 선보이게 되어 무한한 기쁨을 느낍니다. 시집을 준비하며 지나온 시간들을 돌아봅니다. 바쁜 일상 속에서 찾은 시어들에 감동과 경험을 담아 펴낸 이 시집에는, 일상에서 느낀 그 설렘과 감동을 함께 나누고자 하는 제 마음이 담겨 있습니다.

'설렘주의보'라는 제목도 소소한 우리 삶이 얼마나 특별한지를 일깨워 주고자 하는 마음에서 비롯되었습니다. 우리는 종종 일상에 묻혀 소중한 감정들을 잊고 살아갑니다. 하지만, 그렇게 잃어버린 순간들 속에도 언제나 설렘은 존재합니다. 사랑의 시작, 새로운 만남, 그리고 작은 기적들은 우리 마음을 가득 채우고 삶을 더욱 풍요롭게 만듭니다. 이 시집은 그런 순간들을 포착하여 독자 여러분께 전하고 싶었습니다.

여기 실린 115편의 시에는 각각의 사연이 담겨 있습니다. 어떤 시는 사랑의 떨림을, 어떤 시는 이별의 아픔을 이야기하고 있습니다. 이 시들을 통해 여러분이 느끼는 다양한 감정과 교감할 수 있는 공간이 되길 바랍니다. 삶의 작은 기쁨과 슬픔, 그리고 그 사이의 미세한 감정들은 우리가 서로를 이해하는 데 큰 역할을 합니다. 저는 이 시들이 여러분의 마음에 작은 위로가 되고, 때로는 새로운 시각을 열어줄 수 있기를 소망합니다.

이 시집을 집필하는 과정은 저에게도 많은 의미가 있었습니다. 글을 쓰며 느꼈던 감정들은 마치 시간이 멈춘 듯, 저를 다시 그 순간으로 데려다주었습니다. 시가 한 편 한 편 탄생하기까지 그 과정에서 얻은 깨달음과 감정은 저를 더욱 성장하게 했습니다. 여러분과 함께 이 여정을 나누고 싶습니다.

또한, 이 시집은 제 개인적 이야기뿐만 아니라 여러분의 이야기도 담고 있습니다. 읽는 이가 각자의 경험과 감정을 투영하여 더욱 깊은 공감을 이끌어낼 수 있기를 바랍니다. 시는 혼자가 아닌 함께 나누는 감정의 언어입니다. 언제나 여러분의 마음속에 작은 불꽃이 피어나기를 바라며, 이 시들이 그 불꽃의 기폭제가 되기를 소망합니다.

끝으로, 이 시집이 여러분의 일상에 작은 행복을 더해 주길 바라며, 많은 사랑과 관심 부탁드립니다. 그리고 '설렘주의보'가 여러분의 삶에 작은 변화와 기쁨을 가져다줄 수 있기를 바랍니다. 감사합니다.

㈜한국강사교육진흥원장 김순복

제2부 그대 닮은 나무

제3부 소중한 인생길

제4부 엄마의 밥상

제5부 나는 행복한 강사

제1부

사랑도 배달되나요?

예감

하늘을 붉게 물들이는
아침 햇살이
집 안으로 먼저 들어선다

테라스에 나가
양팔 벌려
가슴에 햇살을 담는다

오늘도
좋은 일이
생길 것 같은 예감!

혹시
당신을 만나려나?

나팔꽃

여리지만
강한 너!

가느다란 순을 뻗어
나무를 감고 올라가 피워 낸
청초한 꽃!

너의 꽃말 '기쁨'처럼
나도 기쁨을 주는
사람이 되었으면

나팔꽃!
오늘 본 너로 인해
가슴이 뛴다

네 앞에서 웃는 나처럼
그대도 나를 보고
웃을 것 같아
얼굴까지 빨개진다.

사랑도 배달되나요?

매일매일
집 앞에
배달 물품이 놓인다

음식, 커피, 생활용품
안 되는 것 없는
배달 문화!

"사랑도 배달되나요?"
"당연하죠!"

수화기 너머에서
그대 웃는 소리가 배달된다.

버튼

초인종 버튼을 누르면
대문이 열리고

음식점 버튼을 누르면
종업원이 다가오고

그대도
보고 싶을 때
버튼을 누르면
나에게 올까?

버튼을 누르기도 전에
미소가 번진다
내 안의 그대
벌써 다가와 웃고 있어서.

당신이 없었다면

당신이 없었다면
이 세상은
불안과 공포가 가득했겠지?

하지만 당신은
언제 어디서나
늘 준비되어 있었지요

그런 당신 모습에서
행복을 느낍니다
내 마음이 평화로워집니다.

두근두근

꽃이 이리 많이 피었는데
모든 꽃이 다 내 모습인데
이런 나를 보고 있는 당신!

두근두근
당신 설렘의 온도는
몇 도일까?

해결하기 싫은 문제

문제는?
해결하라고 있는 거야

문제가 없는 세상은?
재미가 없지

하지만
사랑이 문제인데 어쩌지?

내가 당신을 더
사랑해서 큰 문제

나
해결하기 싫은데!

퍼즐 사랑

조각을 찾아 완성해 가는
퍼즐 놀이는
성취감 올리기에 최고다

조각이 맞춰지듯
일상 속 사랑도 그렇다

매일
잠들기 전
그대 생각 꺼내놓고
퍼즐을 맞춘다

그대 생각이 모여야
사랑이 완성된다.

사랑의 무지개

빨주노초파남보
무지개가 하늘에 걸리면
설렘주의보!

빨주노초파남보
무지개가 가슴에 걸리면
사랑 주의보!

빨주노초파남보
무지개를 내 안에 옮기면
미소 주의보!

갑자기
가슴에 무지개가 떴다
당신 보기 전에 얼른
내 안으로 옮겨야겠다
부끄럼 주의보!

오늘도 내일도 맑음

따뜻한 봄날
추웠다 더웠다 변덕이지만

내 안의 봄은
늘 따뜻한 맑음!

그대와 함께 있어
오늘도 맑음
내일도 맑음
늘 맑음이라니까요.

동그라미 웃음

정답을 맞히면 시험지에
동그라미를 그렸잖아요

시험지에 동그라미 숫자만큼
함박웃음 짓던 어린 시절!

동그라미 가득한 시험지를 들고
의기양양해하던 어린 나를 떠올리며
동그란 웃음을 지어 봅니다

그 아이가 자라
완성을 의미하는
인생에 동그라미 그려가며
바쁜 일상을, 모나지
않게 소박함으로 채우고 있습니다

그 힘으로
오늘을 웃으며 살아갑니다.

평행선

철길은
일정한 간격으로
평행선을 이루고

그대와 나는
한 방향을 바라보며
행복으로 평행선을 이룬다

철길은
열차가 잘 다니면
그게 행복이고

그대와 나는
웃음소리 들리는 가정에서
건강하게 살면 행복이다.

귀한 선물

지나고 보니
날마다 새로운
오늘이
가장 귀한 선물이었습니다

무엇보다
그대와 함께할 수 있는
오늘이라서

나에게 오늘은
참 소중한 선물이 맞습니다.

항아리

배가 불룩한 항아리를 보면
'저 안에 무엇이 들었을까?'
궁금해 뚜껑을 열어 보니
고추장, 된장, 간장이
가득 담겨 있었다

지나고 보니 항아리는
호기심 가득했던 어린 내게
설렘을 주는 행복이었다

지금 항아리에는
그대와 함께 사는 즐거움!
이웃과 나눌 수 있는
사랑까지 담겼다
더 큰 행복이 되고 있다.

설렘주의보

좋아하는 사람이 생기면
가만히 있어도
입꼬리가 올라가고

그 사람 생각만 하면
가슴은
늘 설렘주의보!

'그럼
좋아한다고 말해 볼까?'

얼굴은 붉어지고
가슴은 조마조마

오늘도
온통 그대 생각뿐!
수백 번 고백한다.

계산보다 사랑

복잡한 사칙연산을
정확하게 계산하고
빠르게 답을 내미는 계산기

숫자는 잘도 풀어내지만
복잡한 사람 마음 계산은
어림도 없다

복잡하게 엉켜 버린
사람들 마음
무엇으로 풀까?

아하~
진실한 사랑이다
계산기보다
더 정확한 건 사랑이니까.

그대를 부르는 지우개

그대가
너무 그리운 날
백지에 적었다
'보고 싶다!'

잊으려고
지우개로 지웠는데
그대 모습
점점 더 선명하게 보인다

지우개로 지운 것은
잊으려는 마음!

지울수록
가슴 깊이 스며들어
나도 모르게 다시 나온 말
"보고 싶다!"

우리 사랑은

세상에 태어난 순간
물음표(?)

세상을 살아가는 시간
느낌표(!)

생을 마감하는 순간
마침표(.)

그대와의 사랑은
무한대(∞).

느낌표

느낌표는
나를 움직이게 하는
작은 동력

느낌표에는
끝없는 가능성과
열정이 담겨 있다

느낌표를 얻는 순간마다
원하는 것을 얻기 위해
달려가는 나!

하지만
그대에게 가는
속도보다는 느리다.

핑계

저마다 사연이 있듯
핑계 없는 무덤은 없다지요

크고 작은 사연을 모아
핑계라는 작은 공간을
가슴에 옮겼습니다

나 자신을 돌보고
나를 위해 열려 있는
작은 아지트

그곳에
좋아할 수밖에 없는 그대!
그대 웃는 얼굴이 있습니다.

들국화와 나

지천으로 핀 들국화는
좋은 향기로
벌과 나비를 부르고

하나뿐인 나는
고운 마음으로
그대를 부르고

들국화와 나
누가 더 예뻐요?

울타리

넓은 마당에
반려견을 위한
울타리를 만들었다

울타리 주변은
새들의 놀이터다

반려조 주디가
나갔다 돌아와
한참을 앉아 울던 곳

나팔꽃이 울타리를
더 울타리답게 한다

그런데 당신과 나
우리 사이는
사랑이 이리 넓은데
왜 울타리가 없지?

호박처럼

텃밭에 심은 호박이
장맛비에
잎이 무성해졌습니다
이리저리 잘도 뻗어갑니다

그대 향한 내 마음처럼
거침이 없습니다

이 마음, 그대에게 닿아
호박이 넝쿨째 들어오듯
그대를 만났으면 좋겠습니다.

제2부

그대 닮은 나무

그대는 비타민

몸이 피로하면
비타민을 찾고

마음이 허전하면
그대 생각을 꺼내고

비타민 효과는
잠시 후 사라지지만

그대 생각은
여운으로 이어지는 행복!

그러니
그대를
내 안에 담아둘 수밖에.

홍시 사랑

사르르
달콤한 맛이
온몸으로 파고든다

그대를
잊을 만큼
이렇게 맛있어도
되는 거니?

하지만, 어림없지
잠깐의 달콤함이
평생 이어 온
우리 사랑 이길 수 없고
이겨서도 안 되지!

그대 닮은 나무

봄엔 예쁜 꽃을 피워
여름엔 푸르름을 선사하고
가을엔 풍성함을 건네던 너
앙상한 가지만 남았구나

보온 덮개로 감싼 몸
덜 외로워 보인다
따뜻한 봄이 되면
우리 활짝 웃으며 만나자

언제나 든든하게
무한정 베푸는
그대 닮은 나무

겨울나무야
고마워!

안경

안경을 다초점렌즈로
다시 맞췄다

다른 것은
다 잘 보이는데
이상하게
쓰나 안 쓰나
똑같이 보이는 단 하나!

또렷한
그대 얼굴

아,
내 사랑!

단비

요즘 날씨가 여름 같아
나무들이 시들해지고
정원의 장미꽃도 잎이 마릅니다

안쓰러워 물을 주면서도
단비가 내리면 좋을 텐데
안타까움이 앞섭니다

내 마음 읽었는지
하늘이 흐려지다가
단비가 내립니다
그대를 만나는 것처럼 반갑습니다

나에게
무얼 해도 먼저고
언제나 최고인 그대!

그렇다고 당신
내 앞의 장미
질투하는 건 아니죠?

행운목꽃

행운목 꽃말은
'약속을 실행하다'라지요

손바닥만 한
외줄기 행운목에
신기하게 꽃이 피었어요

계획대로 나와의 약속을
잘 실행하고 있는 당신을
응원하는 것처럼 보여요

이제, 내가
그런 당신에게
행운목꽃으로 필게요.

하지만 사랑은

오래 기억하기 위해
적어 둔 것을
기록이라 하지요

그 기록도
세월이 지나면
퇴색되거나 지워질 수 있습니다

하지만 사랑은
시간이 지나도 선명하고
자주 생각나게 만듭니다

지금도 내 사랑은
"그대를 사랑합니다!"
이 말에
웃는 당신 얼굴을 만납니다.

그리움 속으로

은행마다
입출금이 자유로운
현금인출기가 있다

현금이 필요하면
현금인출기를 찾듯

그대가 보고 싶으면
그리움 속으로 들어선다

현금인출기엔
현금이 가득하고

내 그리움엔
그대 생각이 가득하고.

보리수

작년에는 많이 달렸던 보리수가
올해는 몇 개 안 달렸다

몇 개 안 달려 있으니
더 예쁘고 사랑스럽다

빨갛고 말랑하고
통통한 보리수!

너, 왜
이렇게 예쁜 거니?

너 혹시
그리움 속
그대 좋아하는 내 마음
흉내 내고 있는 거니?

그대 바라기

뜰에 해바라기를 심었더니
예쁜 꽃을 피웠다

그런데
질투가 난다

예뻐서가 아니라
그대 기다리는 나처럼
해바라기도
대문을 보고 있다

대문이 열린다
다행히
그대가 나를 먼저 봤다!

호접란

작년에 산 화분에
호접란을 옮겨 심었다
꽃이 피었다

사무실에 출근하면
순백의 예쁜 꽃이 반긴다
좋은 일들이 생길 것 같아
늘 기분이 최고다

사랑스러워
꽃잎을 만지면
간지럼을 참지 못하는 꽃!

그럼 나도 오늘
집에 가서
그대에게 간지럼을 태워 봐?

마을

어릴 적 마을엔
빨래터 우물이 소통 창구였다

누구네 소가
송아지를 낳았다부터
온갖 소식이 오가던 곳

지금 마을은
옆집 사람 얼굴도 모른다
사방이 벽인 아파트

대신
서로 이야기를 주고받는
카톡 단톡방이 그 역할을 한다

그립다
이야기 우물이 있던
우리 마을!
어릴 적 친구들….

전원주택의 봄

정원 꽃나무들이 하나둘
꽃망울을 터트리고 있다

매실나무는 꽃을 활짝 피워
그대 얼굴이 가득!

명자나무 빨간 꽃봉오리 속에는
우리 사랑이 가득!

여기저기서 들려오는
그대 속삭임에 홀려
바쁜 나!

'오늘은
무슨 이야기를 들려줄까?'

최고의 포장

포장에 따라
상품 가치가 달라 보인다

나를 포장하면
내 상품 가치도 달라질까?

'무엇으로 포장하지?'

눈동자와 머리는
반짝반짝 돌아가고
가슴이 설레다가
미소를 짓는다

포장이 결정됐다
있는 모습 그대로
사랑이 드러나게
투명 포장!

사랑의 보금자리

소중한 것을 담으려고
마음에 항아리 하나 옮겼다가
아무것도 담을 수가 없었다

옮기자마자
내 안의 그대가
이미 자리 잡고 있어서

기분이 좋은지
옆자리까지 내어 주며
'일루와~ 일루와~'

너의 목소리

겨우내
움츠려 있던 나무에서
꽃을 피우는 봄

새 지저귀는 소리
물 흐르는 소리
만물이 소생하는 소리

듣고 있는
봄 소리에서
가장 달콤한 소리

너의
그 목소리!

무차

일 년을 기다려서 만난
늦가을 김장 무

영양가 높은 김장 무
매년
일 년 먹거리 무차를 만든다

무를 돌려 깎아
채썰어 말려 덖어 주면
구수한 무차 완성!

무차 한잔에
더위와 추위가 사라지고
그 자리에
깊어 가는 우리 사랑!

약속

첫눈이 오면
어릴 적 친구와의
약속이 생각납니다

첫눈이 오면
먼저 연락하는 사람에게
초코파이 사주기!

초코파이는
달달한 사랑이고
나누는 우리에겐
우정이었으니까

"첫눈이 내리는데
친구야!
지금 어디에 있니?"

탁월성의 원

내 안에
동그라미를 그리고
꽃과 나무를 심었습니다
아름다운 새들이 날아듭니다

잔디밭에서
발레리나가 되어
음악에 맞춰 춤을 춥니다
벤치에 앉은 그대 입이
귀에 걸립니다

아~
가장 행복한 공간
내 마음속
그대가 있어 두드러진
탁월성의 원.

주머니

주머니에서 나온 오만 원권 지폐
원래 있던 건데
횡재한 기분

오늘 주머니는
행복이 담긴 보물창고

"당신 주머니에도
나를 살짝
넣어 둘까?"

등나무

나무 아래 앉아 있는 내게
그늘을 주는 등나무

나를 보호해 주는
그대 닮은 등나무

어서 꽃을 피우렴
네 향기 가슴에 담고
그대 생각 실컷 할 수 있게.

지붕

발코니 지붕에
빗방울 떨어지는 소리
기분이 좋아집니다

빗소리를 들으려고
일부러, 발코니에
앉아 있기도 합니다

그럴 때마다
근심 걱정이 빗방울에 담겨
저절로 사라집니다

그 자리에
늘 환하게 웃는
우리 집 행복이
주인으로 와 있습니다.

시골집에서

어릴 적
시골집 처마 밑에서
자주 놀았습니다

겨울엔
고드름을 따서
먹고

비가 오면
손바닥에 빗물을
받으며 놀았지요

비 내리는 오늘
내 안에서
시골집을 불러냅니다

"함께 놀았던 친구들아,
어디 있니?"

제3부

소중한 인생길

앵무새의 고갯짓

코뉴어 앵무새를 분양받아
말 가르치기 훈련 중!

"안녕하세요" 하면
목소리는 안 터졌지만
속도에 맞춰
다섯 번
고개를 빠르게 끄덕인다

어쩌다
말문이 트이면
"안녕하세요" 하고
따라하는 코뉴어!

얼른
"당신은
내 사랑이야!"
이 말 가르쳐야겠다.

주디의 가출

비가 내리던 날
반려조 주디가 날아갔어요

비를 맞고 정신없이
찾아다녔는데
옆집 나뭇가지에서
애처롭게 비를 맞고 있는 주디

큰 소리에
반응을 보이다가
빗소리에 목소리가 묻혀
알아듣지 못하고
다른 곳으로 날아갔습니다

어디서
무얼 하고 있을까?
주디를 생각할 때마다
가슴이 아픕니다

제발 돌아와, 주디!

빈자리

주디가 날아가고
말하는 앵무새
루비와 루이를 분양받았다

아무리 말을 하고
예쁜 짓을 해도
채워지지 않는
주디의 빈자리!

혹시나 싶은 마음에
집 주변을 두리번거리고
주디가 앉았던
나뭇가지에 자꾸 눈길이 간다

코뉴어 루비와 루이
조금만 기다려,
주디가 돌아오면
너희에게도
사랑 듬뿍 줄게.

해바라기

반려조 앵무새가 먹고 남은 먹이를
들에 사는 새들을 위해 뿌렸다

새들이 모여들어
나눠 먹는 모습이 사랑스럽다

새들이 먹고 남은
해바라기 씨앗 하나가 싹을 틔워
튼실하게 자라고 있다

곧 꽃이 필 것처럼
쑥쑥 자라는 모습이 사랑스럽다

꽃이 피면
해바라기가 되는 거야
해바라기꽃 앞에서
날 못 알아보는 당신!
당신을 깜짝 놀라게 하는 거야.

단호박

단호박을 오븐에 구워
반려견 노아와 마호에게 주었다
아주 맛있게 먹는다

호박에서 발라낸
씨앗을 버리려다
한주먹 땅에 묻었더니
소복이 싹이 나왔다

잘 키우면
가을에
단호박이 주렁주렁?

그리움 속
그대 생각처럼
주렁주렁!

반려견 노아

반려견과 한 이불 덮고
산 지 오래다

내 베개를 베고
곤히 자는 노아
귀여운 아기 천사!
새근새근 잘도 잔다

우리 다음 생에도
그다음 생에도
같이 살자!

고양이

옆집과 우리 집을 오가며
애교를 부리는 들고양이

문 앞에서 기다리다
날 만나면
야옹~
벌러덩 누워 배를 내민다

그러다
내 무릎으로 올라와
애교를 부리는 너!

너
혹시
아니지?
아니겠지?

마호야, 아프지 마

반려견 마호가 아파서
동물병원에 왔어요

착한 마호에게
아무 일 없기를…

"마호야, 아프지 마
건강하게 오래오래 살자!"

고개를 쭉 빼고
미호가 오히려
미안하다는 표정입니다

"마호야, 사랑해!"

사랑이 맺어 준 가족

반려견 마호와 노아
모란앵무새 주디와 나나
들고양이 노랑이와 검둥이
정원에 날아드는 새들
날마다 먹이를 챙겨 줍니다

추운 날 들고양이가 안 보이면
힘들어 떠나지는 않았나
걱정하다가도
다시 보이면 반가운 마음에
안도하는 우리는
사랑이 맺어 준 가족입니다

요즘, 추운 날씨에
새들이 안쓰러워
앵무새 먹이를 나눠 주는데
날이 풀려 다행입니다

모두가 함께 사는
사랑 가득한 보금자리
우리 전원주택은
사랑이 담긴 둥지입니다.

정자에 앉아

정자에 앉아
아름다운 풍광을 보고 있으면
신선놀음이 따로 없습니다

봄이 되면 꽃 피고
여름이면 시원한 바람 불고
가을이 되면 단풍 들고
겨울에는 나뭇가지에 눈꽃이 핍니다
사계절 내내
예쁜 새들이 찾아옵니다

아름다운 정원에
정자가 있는 우리 집
이곳에서
그대와 사랑을 키웁니다.

사랑의 계단

대문에서
계단 50개를 올라가야
집 안으로 들어갈 수 있다

밤늦게 돌아오는 나를 위해
계단 중간중간에 세워 둔 센서등

등이 환하게 켜질 때마다
그대 만난 것처럼
내 마음이 밝아진다

그대 사랑과 배려로
높은 계단을
단숨에 오른다.

텃밭

담장 밑 텃밭에
씨앗을 뿌렸다

싹이 돋으면
우리 사랑처럼
풍성하게 자라나겠지?

"당신, 뭐 심은 거야?"
"자라면 보세요!"

손뜨개 모자

아기 모자를 만들려고
털실을 샀다

한 올 한 올
정성과 사랑을 담아 완성했다

빨간색 모자에
흰색 줄무늬
아기에게 잘 어울린다

방긋 웃는 아기 모습에
달콤한 행복이 스민다

그대 사랑이
녹아드는 것처럼
내 얼굴에 미소가 번진다.

횡단보도

도로에는
질서를 잡아 주고
멈추게도 하는 횡단보도가 있고

그대에게 가는 길은
무조건
직진 고속도로만 있있다

횡단보도를 가슴에 옮긴다
길 건너에서 나를 바라보는
그대와 마주친다
도로가 지워진다

아~
사랑이다!

채점 불가

시험지에
답이 맞으면 동그라미
다 맞으면 100점!

내 인생도
동그라미를 친다
문득, 우리
사랑은 몇 점일까?

처음 만난 순간부터
지금까지 모두 동그라미
앞으로도 동그라미!

무한대 사랑
지금도
너무 커서
채점 불가!

연못

연못에는
예쁜 연꽃이 피고
물고기가 삽니다

내 안에도
연못 하나 만들었습니다

그대
내 안에서
편히 쉬게 하려고

쉬는 동안
내 웃는 모습 볼 수 있게
예쁜 꽃을 피울 겁니다.

그대라는 선물

나에게
가장 큰 선물은
오늘을 함께할 수 있는
사람들이 있다는 것입니다

그 중에서도
가장 좋은 선물은
늘 내 편 되어 주는 그대입니다

그래서 내 안에
메아리치도록 말합니다

"사랑합니다!"

나도 너처럼

화재 현장
붉은 방패 소화기

위험의 그림자 앞에서
두려움의 벽을 허물며
물줄기를 쏟아 내는 너

생명을 지켜 내는
없어서는 안 될 너

그래,
나도 너처럼
필요한 사람에게
사랑을 뿜어 낼게.

가위

가위는
무엇을 자를 때 사용하지요

하지만
뭐든지 자르는 가위라도
자를 수 없는 것이 있지요

우리 사랑은
자르려고 하면
그만큼 더 단단해지고

오히려
설득당한 가위가
사랑 앞에 손들고 있을 테니까.

너 뭐니?

일상의 피로를
받쳐주는 베개

무겁던 머리가
가벼워집니다

"너 뭐니?
사랑도 아니면서!"

이 말 듣고 베개가
대뜸 이러는 거 있죠

"매일 함께 자는데
그럼, 우리
연애 어때?"

수수깡 안경

어릴 때
안경 쓴 아이들이 부러웠다

안경이 쓰고 싶어
수수깡 안경을 만들어 쓰고
바람개비를 들고 달렸다

안경 너머로
행복했던 동심이 보인다

그 동심 가운데
날 닮은 아이
가슴에 동그라미를 그린다
오늘의 꿈을 그린다.

보물 그릇

그릇은
담기는 것에 따라
달라 보인다

"나도 그릇이다!"

그대를
보물로 담고 있게
행복으로 만든 그릇.

소중한 인생길

오늘도 내일을 향해
열심히 길을 걷고 있습니다

한 발짝 한 발짝 떼어놓는
인생길이, 때론
조심스럽기도 하고
또 때론, 거침없이
그 길로 가게 만들기도 합니다

한번 지나온 길은
다시 돌아갈 수 없는
과거가 되기에
더욱 그렇습니다

과거와 미래 사이에서
결단을 내려야 하는 나는
당신과 함께라는 이유를 들어
앞으로
앞으로만 나갑니다.

뿌리

겨울 추위에
알로에가 모두 얼었다

알로에 있던 자리
봄이 되니 황량하다

내 마음이
전해졌을까?
뿌리가 살아
네 그루의 싹이
다시 올라왔다
그대를 만난 것처럼 반갑다

올겨울에는
당신이 나에게 그랬듯
따뜻하게 해 줄게.

제4부

엄마의 밥상

어머니

어머니!
따뜻한 손길로
안전지대를 만들고
우리에게
늘 버팀목이 되어 주신 당신!

세월이 흘러, 이제는
제가 당신의 안전지대로
버팀목이 될 때가 되었습니다

제 곁에 계시는 것만으로도
든든하고 포근한 어머니!

어머니 당신에게 받은 은혜!
조금이나마
갚아 드리고 싶습니다

"어머니, 건강하세요!
그리고 우리 곁에 오래 머물러 주세요.
사랑합니다!"

엄마의 밥상

따뜻한 국물에
사랑까지 담긴
엄마표 밥상

소박한 반찬들이
정성스럽게 놓여 있다
마음까지 포근하다

한 숟가락 한 숟가락에
엄마 마음이 담긴 밥상은
내 영혼을 치유하는 약

오늘도
더 열심히 살아가라며
내 편 들어주는
엄마 밥상!

출근길 소묘

편한 자세로
음식을 먹을 수 있는 탁자

덕담을 나누면서
몸과 마음을 살찌우는 자리

그대까지 있어서
더 행복한 공간

축복까지 담긴
그대 배웅을 받고
현관문을 나선다

오늘도 하는 일마다
다 잘될 것 같은 예감!

꽃씨

아버지 묘소 주변에
작년에 심은 꽃씨가
꽃을 피었다

생전 꽃을 좋아하시던 아버지
꽃이 있어 덜 심심하겠다

바람에 흔들리는 꽃잎
손 흔드시는 아버지 대신
내 안에 그 꽃을 옮겼다

아버지 보고 싶을 때
꺼내 볼 수 있게
사랑으로 옮겼다.

오뚝이처럼

어릴 적 자전거를 타다
사고가 났었다

내리막길에서 넘어져
두 동강 난 자전거!

부러진 자전거와 함께
내 마음도 부러졌지만
오뚝이처럼
자전거를 어깨에 메고
당당하게 집에 왔다

그때부터였다!
넘어져도 벌떡 일어나는
그 근성이
오늘 나를 있게 했다

무엇이든 해낼 수 있는
강한 나로 만들었다.

꽃밭과 함께

시골집 마당에
정원을 만들어
예쁜 꽃을 가꾸시던 어머니

어머니 떠나고
빈집 되어
황량하기 그지없지만

내 마음속엔
꽃밭과 함께
어머니가 계십니다

꽃밭에 핀
그 꽃은
내 안에 피어 있는 어머니
당신 얼굴입니다

어머니!
보고 싶습니다.

수제 차

수제 차가 담긴
유리 주전자에
뜨거운 물을 붓고
향초에 올리면
기분이 좋아집니다

그대와 나눌 담소에
사랑 한 스푼 더해져
차 맛이 좋아지지요

색도 고운
수제 차의 깊은 맛에
우리 사랑도 맛들어 갑니다.

얼굴

동그라미를 그리고
그대 얼굴을 그립니다

동그라미 안에서
웃고 있는 얼굴!

너무 보고 싶어
점 하나도 찍을 수 없어
그저 따라 웃고만 있습니다.

고무줄

부부 싸움은
칼로 물베기란 말이 있지요

아무리 싸워도
고무줄처럼
다시 돌아오는 사랑
더 돈독해집니다

사랑만큼
늘어나는 게
세상에 또 있을까요?

유리창을 닦으며

봄맞이 대청소로
유리창을 닦고 있습니다

열심히 닦았더니
어머나,
내 안의 그대가
유리에 반사되네요

그대 웃는 모습이
더욱 선명하게 보입니다

함께 웃으며
마저 닦았더니
즐거움이 두 배
행복은 열 배!

고민 중

겨우내 보이지 않던 뱃살
두리뭉실해진 허리
작년 봄, 내 모습은 어디 있지?

평생 다이어트를
모르고 살았는데
걱정이 앞선다
지난겨울 마음이 편했나?

괜찮아, 괜찮아
그대 말만 믿고 망했다고
뽀로통해진 내 모습도 좋단다

이를 어쩌나?
지금 고민 중.

만능 손

많은 일을 할 수 있는 손
열 손가락 모두, 건강하게
일할 수 있다는 것에 감사드립니다

후다닥, 손뜨개질로
강아지 목도리 두 개 완성!

목도리를 두른 마호와 노아
따뜻해 보입니다
행복한 하루에 도움이 됩니다

내가 생각해도
무엇이든 다 만들 수 있는
신기한 손!

건강한 손이 있어
행복해하는 나를
손도 잘 알겠지요?

소풍

봄이 왔나 봐, 봄!
정원의 꽃들이 부른다

수줍은 듯 고개 숙인 할미꽃
가녀린 제비꽃
화려한 명자꽃

꽃잎이 어여쁜 앵두꽃
돌 틈에 핀 돌단풍
꽃잔디와 매화

꽃잎마다 그대 모습이 있다
그대 따라 웃는
오늘은 소풍이다.

때늦은 철쭉

화단과 양쪽 계단 사이에
철쭉꽃이 활짝 필 때면
정원이 장관이다

꽃이 지고
그 자리에 잎이 무성한 지금
계단 옆 철쭉 한 그루가
늦은 꽃을 피우고 있다

눈길을 받고 싶은
늦둥이 철쭉인가 보다
때늦은 철쭉이 사랑스럽다

"철쭉꽃이 늦게 피고 있던데!"
어젯밤 현관을 들어서면서
툭 말을 건넨 당신!

당신 모습이
철쭉꽃에 담겼다
올 철쭉꽃이 더 예쁘다.

우산 속 세상

비 오는 날
우산이 있었지만
쓰지 않았다

우산을 들고
나타난 그대!

뛰는 가슴 들릴까 봐
연신 숨 고르기에 바쁜 나!

그대와 함께 쓴
우산 속은
또 다른 우주다

그대와 만나기로 한 날은
앞으로도
비 예보가 있었으면 좋겠다.

행복

아침에 일어나
발코니로 나왔다
향긋한 풀 냄새
상쾌하다!

새벽같이 일어난 당신
정원 잔디를 깎고
나무 잔가지 정리 중이다

양팔 벌려
깊은숨을 들이켠다
그대 생각에
향긋한 풀 냄새가 담긴다

"아, 행복해~"

딸기

정원에 심은 딸기가
한창 익고 있다

오늘 아침
빨갛게 익은 딸기가
출근하는 내 눈길을 잡는다

"너, 너무 예쁘다!"

스마트폰 카메라 앞에서
더 예쁘게 미소 짓는 딸기

당신처럼
너무 사랑스러워
차마 따지는 못하고
보기만 했다

당신과 딸기!
그 생각에
하루가 즐거웠다.

작약

살랑살랑 바람이 분다
작약 향기 그윽한
정원을 만든다

서로 한들거리며
가녀리게 떨리는 꽃잎들

예쁜 척 조잘거리다가
기분 좋아 춤추던
학창 시절 우릴 닮았다

친구들아!
그때 그 작약꽃 피었는데
다들 잘살고 있지?

오솔길

오솔길을 걸으면
좋아하는 사람이
생각난다잖아요

하지만
오솔길을 걷지 않아도
내 안에는
그대와 함께 있는 세상이 있어요

가고 싶은 곳이
다 담겨 있는 곳!
늘 그대와 함께 걷고 있습니다

달콤한 속삭임으로
나를 부르는
그대까지 있습니다.

옛 추억

단풍이 너무 예뻐서
숲속 산책로 벤치에 올려두고
사진을 찍었어요

'잘 나왔을까?'
그런데 글쎄,
단풍잎 안에서
그대와 내가 손잡고
걷고 있지 뭐예요

스냅 사진이
옛 추억을 소환했나 봅니다.

잠을 깨우는 수면등

잠을 자려고
수면등을 켰는데
내 입꼬리가 올라간 이유!

수면등처럼
내 안에서
그대가 보내는 미소로
잠이 확 달아났다

초롱초롱해져
놀이동산에 간 것처럼
내 마음이 두둥실~

오늘 밤
잠은 다 잤다.

쉼표

쉼표는
그대가 날 찾는 소리!

잠시 하던 일 멈추고
내 안의 그대를 본다
입꼬리가 올라간다

하던 일 더 잘되게
사랑으로 충전해 준
그대라는 쉼표!

살맛나는 이유

김치를 먹어야
밥을 먹은 것 같던 내가

그대가 있어야
세상은 살맛이 난다고 했다

밥을 안 먹어도
그대를 보면 배가 부른
진짜 이유가 뭘까?

제5부

나는 행복한 강사

나는 행복한 강사

강사라는 직업은
따로 휴가를 내기가
참 어렵다

며칠 전
부산에 강의를 갔다가
좋은 사람들과 맛있는 음식 먹고
하늘 푸른 해변을 걸었다

시원한 바람이 스치며
속삭이듯 건네는 선물
그 선물에 담긴
달콤한 여유와 자유로움

일상을 벗어나
잠시 즐길 수 있는
이것이 진짜 휴가다

나는 강사다
받고 싶은 선물까지 받았는데
오히려, 휴가를 잊고 지내도
강사들이 부러워할
행복한 강사다.

커피 로봇

대구 강의 다녀오던 길
휴게소에서 만난
커피 로봇!

호기심에 커피를 주문하고
지켜보는 우리
로봇에게 느껴지는 인간의 감정

정성으로 내리고
조심스럽게 건네는 커피

좋아, 커피 로봇!
하지만
최고란 소리 들으려면
내린 커피 속에
좋아하는 사람 얼굴 정도는
담아내야 하는 것 아니니?

혹

엄지손가락 마디에
혹이 생겼다

볼록
튀어나온 혹
너도 내가 좋니?

그래, 내가
사랑이라 생각할게

이 말이 고마운지
하트 모양으로 자란다

맞아,
좋아하는 마음으로 보면
무엇이든 다 사랑이 될 수 있어.

소파

우리 집 거실엔
1인용 소파만 있다

무릎에
노트북 올려두고
소파에서
곧잘 일하는 나!

내 옆을 비집고 들어와
체온을 나누는
반려견 마호!

1인용 소파는
반려견과 나
그리고 일을 위한
사랑 즐김 평균대.

나는 항구

배가 안전하게 드나들도록
바닷가에
부두를 설치한 곳이
항구라 하지요

강연을 잘할 수 있게
역량을 키워 주고
교육기관과 연결해 주는 에이전시는
교육계의 항구!

강사를 도와
교육계 항구를 넓혀 가는
'한국강사교육진흥원!'

이곳은
항구에 배가 정박하듯
강사들이 편하게 찾는 곳
머물면서 수익까지 얻어 가는 곳!

죽녹원에서

담양 죽녹원
대나무 숲에 갔다

대나무는 하늘을 향해
쭉쭉 뻗어가고
내 생각은 그대를 향해
쭉쭉쭉 뻗어간다

대나무는 숲을 이루고
내 생각은 오직 하나!

그러니 내가
당신을 좋아할 수밖에.

숲

더운 여름
담고 있던 새소리
바람 소리를 내어주는 숲

하지만
받은 목록에
그대 생각은 없다

반갑다며 숲이 꺼낸
수다 듣다가
그대 생각 꺼내지도 못했으니
그럴 수밖에.

바위와 보자기

단체 사진을 찍고 있습니다

우리, 파이팅 할까요?
하나, 둘, 셋
파이팅!

사진 찍는 내 앞에서
바위를 내미는 사람들
난 보자기를 냈지요

"제가 이겼습니다!"

모두 까르르 웃는 사이
셔터를 눌렀지요.

김밥천국

김밥은 여러 재료로 만들어
영양가가 높지요

교육도 여러 강사가 모여야
질 높은 교육 과정이 됩니다

강의 분야가 많은 사람을
김밥천국이라 표현하기도 합니다

뭐든 다 되는
능력 있는 강사!

우리 강사로
서로 행복을 담아가며
김밥천국처럼 만들어요.

나의 스승

면접관 요청이 있어
신입사원 채용 면접에 갔다

열심히 살아온
열심히 살아가고 있는
한 사람의 과거와 현재
미래를 보면서
나를 돌아보았다
재정립할 수 있는 시간

내가 만나는
모든 사람이
나의 스승!

물론 그대도
나에게 행복을 알려 준
존경받을 스승!

나 이런 사람이야!

강의 시간에
이름으로 삼행시를 지었다

잠시 머뭇거리다가 탄생한
멋진 삼행시!
어깨가 으쓱해진다

김순복은
순도 100% 순~
복을 나누며 세상을 이롭게 하는 사람

후훗,
알고 보면
나
이런 사람이야!

진짜 바람

기압의 변화로 생긴
공기의 움직임

튜브 속을
꽉 채우는 공기

어떤 일이 이루어지길
간절히 바라는 마음
그 바람은 변화다

변화를 꿈꾸는 난
지칠 줄 모르는
진짜 바람이다.

시작

아침이면 앞산에서
눈부신 햇살이 다가온다

가슴 가득
맑은 공기를 채우고
눈부신 오늘이 시작된다

한 걸음씩 가다 보면
언젠가는
성공을 만날 날 있겠지?

지금 시작이
내 삶을
더 빛나게 만든다

그래서
새로운 세계에 대한
기대감을 담는
이 시간을 사랑한다.

내 삶의 나침반

일 분 일 초도
쉼 없이 움직이는 시계
세상에서 가장 정확하고
부지런한 너!

너의 움직임에
째깍째깍
내 심장에 동력이 생겨
오늘도 살아갈 힘을 만든다

아무리 힘들어도
너를 보면
한 발짝씩
움직이게 된다

그런 너는
내 삶의 나침반!

활력을 주는 컵

'벼랑 끝 활주로'를 출간하며
머그컵에 책을 새겼다

그 컵으로 물을 마신다
벼랑 끝에서 활주로를
날아오른다

기분 좋아
두 팔 벌려
"야호!"

그대도 생각도 나를 따라
"야호!"

그대와 커피

모닝커피에
마음이 따뜻해진다

커피는
그윽한 향으로 스며들고

그대는
깊은 사랑으로 다가와
내 안에 머문다

그대 닮은 커피!
커피에서
나를 생각하며 웃는
그대가 보인다.

하늘

헬스장 바닥에 누워
올려다본 하늘
구름이 예쁘다

하얀 구름 속에서
웃으며 보고 있는 당신
함께 따라 웃었다

'할 수 있어!'
글쎄, 겁먹었던 운동을
그대 덕분에 즐기게 되다니

내가 보는 곳마다
그대가 있으니
혹시 당신!
도깨비인가요?

차이

일정이나 계획은
수첩에 적어 둬야
오래 기억되고

한번 담긴
그대 생각은
아무리 오래되어도
선명하게 남아 있다

이게
종이에 적는 것과
가슴에 새겨 두는 마음의
차이가 아닐까?

아니면,
나를 지배하는
그대라서?

제주 돌담

제주 돌담이
시원하게 느껴집니다

구멍 숭숭 난 돌과
바람이 지나는 길들이
돌담을 정겹게 만들어 줍니다

이참에
내 안의 벽도
돌담으로 바꾸었습니다

안 좋은 기억들은 빠져나가고
좋은 기억이 들어옵니다

돌담으로
바꾸길 참 잘했습니다.

나만의 휴가

"휴가 어디로 가세요?"
"저는 일이 휴가예요!"

일이 바빠
휴가를 따로 갈 수 없지만
즐기면서 하고 있는 일

일이 있고
그 일에서 에너지를 얻는다
그러니
지금 하고 있는 일이
곧 휴가다

휴가 속에
그대 미소까지 있으니
깊은 산속이다
아니, 시원한 바닷가다.

월동 준비

늦가을 이맘때면
모두
월동 준비에 바쁘다

하지만
월동 준비가 필요 없는 사람?
바로 나!

내 안에 그대가 있어
나는 언제나
따뜻한 봄!

희망의 달력 12월

한 장 남은 달력에는
아쉬움보다, 늘
희망이 더 크게 담깁니다

남은 한 장에
내년의 큰 그림이 그려지고
기대감으로 설레게 됩니다

벅찬 마음으로
두 팔 벌려
새해를 기다립니다

"1월아, 반갑게 만나자!"